LA
VENGEANCE
DU TREPAS FUNESTE
DU FAMEUX
MICHEL MORIN,
CONSPIRE'E
PAR LES AMIS DU DEFUNT
CONTRE LA MORT.

Piéce nouvelle en Vers.

A TROYES,

Chez P. GARNIER, Imprimeur-Libraire,
rue du Temple.

Avec Permiſſion. 1728.

(3)

LA VENGEANCE

DU TRE-PAS FUNESTE DU FAMEUX

MICHEL MORIN.

Conspirée par les Amis du Défunt, contre la Mort.

Erosimo mutatus,
Et Gaspard de Bitulatus,
G Gens doctes & de foi commune,
Ces jours passez à la brune,
Je les trouvai à l'écart,
Avec le Docteur Broart,
Tous les trois en grande conférence,
J'en suis surpris quand j'y pense ;
Car ils parloient rudement fort,
Sur les guenilles de la mort,
Par leurs discours je connus bien,
Que c'étoit pour Michel Morin,
Qu'à la mort ils cherchoient chicane,

Et prétendoient dans la cabane,
Tous les trois cette journée,
Avec la Maréchauffée,
La prendre malgré ses efforts:
Et avoient choifis vingt Recorps,
Tous gens fans rime, ni raifon,
Exprès pour la mettre en prifon:
Efperant que la Juftice,
Puniroit fon malefice:
Mutat s par fa fiere menace,
Fulminoit contre fa carcaffe;
Bitulatus éfron ement,
L'a traitée cavalierement.
Broart d'un ton trifte & caffé,
Hurloit comme un loup enragé;
Jamais nul homme n'a de la vie,
Entendu une telle fimphonie.
Pendant le tems de leurs querelles,
J'ai apris bien d'autres nouvelles,
Si la mort cette journée-là,
Par malheur fe fut trouvée-là,
Elle auroit mal paffé fon tems:
Ces trois hommes doctes & fçavans,
Prétendoient à coups d'halbarde,
La mettre en capilotade:
Ces pauvres Docteurs enrhumez,
Etoient bien mal-intentionnez,
Ils prétendoient, n'en doutez pas,

mettre la mort au trépas.
Voyez la drole d'opinion,
De ces pédants de mauvaise impreſſion ?
Mais pour mieux ſçavoir l'entreprise,
De ces ſots à la barbe griſe,
Je m'écriai d'un ton hautain :
Ah, mon pauvre Michel Morin !
Que ton trépas me fait verſer de larmes !
Contre la mort je veux prendre les armes,
Pour venger le tort qu'elle t'a fait :
Je veux à coups de piſtolet,
Lui faire voler la cervelle,
Et lui cribler ventre & mamelles :
Je l'attendrai à la pipée,
Quand elle viendra de la picorée ;
Je lui donnerai ſon fait,
Pour toi j'hazarde le paquet.
Le bruit de ces belles merveilles,
Retentit d'abord aux oreilles
De ces Docteurs à la guimbarde,
Broart & ſes deux camarades,
Sont accourus ſans nulle feinte,
Au bruit de ma triſte complainte :
Ces Philoſophes ſans cervelle,
Bien loin de me chercher querelle,
M'abordent d'une belle preſtance,
En me faiſant la reverence,
Tout-à-fait à la pedentalle :

Jamais Maître à danſer en ſalle,
N'a fait de ſi beaux entre-pas,
Que ces Diſciples de Midas;
Moi qui n'eſt pas des plus novices,
Par un mouvement d'exercice,
Je recule trois pas en arriere,
D'une preſtance & mine fiere,
En faiſant divers mouvemens,
Je les ſalue en trois tems :
Après ces poſtures & geſtes,
Ces Docteurs à la farinettes,
En s'exprimant d'un ton hautain ,
Commencent par me parler Latin.
Mais du Latin du tems jadis,
Quand on portoit des Amadis,
Je crois que l'antique Grammaire,
Ni la langue populaire,
Parmi les diſcours les plus vieux :
N'a rien de plus ennuyeux :
J'ai demeuré tout interdit ;
Mais hardiment je lui ai dit,
En grimaçant de la babine,
Ce n'eſt point ainſi qu'on s'exprime,
Tout votre Latin m'ébrelue,
Parlez moi d'une Longue connue ;
Ces pauvres Docteurs enrumez,
Ont demeurez bien étonnez ;
Je leurs fis par mon beau langage,

Bien-tôt ceffer leur badinage
Gerofimo mutatus,
Et Gafpard de Bitulatus,
Se retirant à l'écart,
Je reftai feul avec Broart,
Ce pédent à la barbe grife,
Me demanda à fa guife,
Si par hafard je n'étois point
Des parens de Michel Morin;
Afin de le mettre hors d'ennuy,
Je lui ai répondu qu'oui:
Que je m'apellois Dominique,
Et que j'étois le fils unique
De Geneviéve fans rancune,
Veuve de Bernard Oportune,
Homme célebre, docte & fçavant,
Qui mourut en trépaffant,
La veille de fon enterrement;
Il prit cela pour argent comptant.
Et confiderant ce Vieillard,
Auffi jaune qu'un vieux lard,
Je lui demandai humblement,
Et très-refpectueufement,
Sans offenfer fa foutane,
Pourquoi il cherchoit chicane
A mademoifelle la Mort;
Il s'écria tout d'abord;
Ah! jufte Ciel, quelle entreprife!

Faut il que la mort sans remise
Nous ait ravi Michel Morin?
Elle a fait un riche butin :
Mais elle le payera, je le dis,
Michel Morin a des amis
En Paradis & en enfer :
Si Pluton & Jupiter
Ne la font mettre en prison,
Je sçais où en avoir raison :
Elle a mis Morin au trépas :
Mais elle y passera le pas :
Quoiqu'elle ait deja pris la fuite
Je sçais qu'on la suit à la piste :
Les payans de champagne,
De toutes parts sont en campagne,
Sur les passages & grands chemins,
Plus animez que des Lutins,
Armez de fourches & d'Arquebuses,
Pour la prendre malgré ses ruses,
Par où elle se puisse cacher,
Elle ne pourra échaper.
Ah! qu'elle sera bien étonnée
Quand elle sera environnée
De ces habiles paysans :
Elle aura beau montrer les dents :
Ils sont trop courroucez contr'elle :
Quartier il n'y aura point pour elle,
Elle a beau faire la resolue,

Elle fera tout au moins pendue,
Foy de Docteur, je le jure,
Ou je brule ma ceinture,
Et mon bonnet Doctoral :
Que je devienne comme un cheval,
Ou comme un Afne parfait,
Si on ne la voit au gibet :
Cette infâme carnaciere,
N'a jamais fçu nous pis faire,
Que d'enlever à nos yeux,
L'homme le plus généreux
Qu'on ait vû de notre tems.
Si Rablais étoit vivant,
Ou Pafquin d'Alexandrie,
Ils mettroient au jour fa vie :
Ce feroit une vie fans feconde,
Telle ne fut vûe depuis le monde :
Je foutiens que tous les Auteurs,
Et les plus célebres Docteurs,
N'ont fait un fi bel ouvrage,
Ouy, je le foutiens & gage,
Je ne fuis point de ces railleurs,
Car je connois fes vie & mœurs,
Ce qui s'apelle à fond perdu,
De lui rien ne m'eft inconnu :
Car le défunt Michel Morin,
Etoit mon plus proche voifin ;
Je le voyois à tout moment,

En differens mouvemens,
Les Dimanches auſſi les Fêtes,
Il alloit le premier en tête,
A l'Egliſe pour le Service,
Il chantoit ſi-bien l'Office,
Que le Paſteur & les payſans,
En étoient ravis & contens.
En ſon banc comme un Lutrin,
Lorſqu'il étoit bien en train,
Il chantoit par la mi la,
En éſſimie, & en fut fa,
En delare, en gere ſole,
Par bécar & par bémol,
Il ſçavoit le plein-chant par routine,
Et la muſique la plus fine ;
Quand il chantoit à voix perdue,
On l'entendoit dedans la rue.
Ah ! pauvre Michel Morin,
Tu as bien-tôt pris fin !
Cet *Ompis Homo* de très-grand cœur,
Servoit de Clec & d'enfant de chœur,
Et portoit cent fois mieux chappe,
Qu'une grande Dame ſon écharpe ;
Deſſous ſon bonnet carré,
Il avoit un air enchanté,
Etant lui ſeul bien plus utile,
Qu'un cent de clercs les plus habiles :
Il coupoit & tailloit le Pain-benît,

Et le donnoit à son profit.
Quand il falloit sonner les cloches,
Il couroit avec ses Galoches ;
Plus vîte qu'un baudet qui va l'amble:
On entendoit au premier branle,
Tirly lan la,
Din din dan don :
Ah ! l'habile homme que c'étoit !
Toutes les fois qu'il carillonnoit,
On eut dit de loin & de proche,
Véritablement que les cloches
Avoient de l'entendement,
Tant que cela alloit joliment ;
Il avoit tant de sçavoir faire,
Qu'il étoit propre à tout faire,
Pour enseigner les enfans,
Il n'y en avoit pas de si sçavans :
Quand il étoit dans son école,
Il ressembloit à Barbacole,
Ou à Scipion l'Affriquain ;
Quand il entroit soir & matin,
Ses écoliers & écolieres,
Trembloient devant ses mines fieres :
En disant, paix-là, paix-là,
Que veux dire ceci ? silence-là :
Dame, il n'y a point à rire :
Il les faisoit lire & écrire,
Sans qu'ils eussent dit un seul mot:

Michel Morin n'étoit pas fot,
Il étoit homme de pratique,
Car il fçavoit l'Arithmetique,
Juftement jufqu'a l'Addition :
Et s'il eut fçu la fouftraction,
Il eut entré dans les Finances ;
Mais il avoit d'autres fçiences,
Ce vénérable Morin,
Etoit verfé dans le Latin,
Et fi bien aprofondi,
Que l'homme le plus hardi,
Et le plus experimenté
Dans le Rudiment & Civilité,
N'eut ofé venir chez lui,
Argumenter contre lui.
Il avoit au Collége de Blois,
Apris le Latin en François :
S'il étoit encore vivant,
Je crois qu'il feroit maintenant,
Malgré les jaloux & l'envie,
Bachelier en Ethiopie,
Licentié & Maître ès Arts
Dans la Faculté des Cornards ;
La mort en a torché fa barbe,
Motus, qu'elle fe donne de garde,
Si les payfans de Champagne,
La peuvent joindre en campagne,
Elle aura beau murmurer :

Pour elle n'y a point de quartier,
Elle sera pendue & étranglée,
Ah, la belle détrapée !
Elle mérite entre deux amis,
Que ces crimes soient punis ;
Sa malice sans seconde,
Nous a ôté de ce monde,
Un généreux & galand homme :
Michel Morin étoit un homme,
Fort sage, meure & discret,
Quand il étoit au cabaret,
Il faisoit bien sans façon,
Hardiment comparaison
Avec un premier venu,
Même jusqu'au plus inconnu,
Chacun cherchoit sa compagnie :
Par sa plaisante manie,
Et attiroit les paysans,
Mieux que la pierre d'Aimant,
Ne fait l'acier & le fer :
Il sçavoit si bien raisonner
Qu'on le prenoit pour un Docteur,
Ou quelqu'habile Orateur :
En un mot pour mieux vous dire,
Quand il sentoit dequoi frire,
Par une certaine Rethorique,
Il mettoit d'abord en pratique,
Pour amuser le tapis,

Quelque Histoire du tems jadis,
Il parloit des guerres d'Alexandre,
Des combats & siéges de Flandres,
De la bataille de Rocroy,
Du siége de la grande Troye,
L'embrasement de Sodome & Gomorrhe,
Des guerres des Perses & des Maures,
La description de la Terre Australle,
De la ligne équinoxialle,
De la construction de Babilone,
Du combat des Amazones,
Des évenemens historiques,
Du passage du pole Artique,
De l'enlevement de Proserpine,
De l'Histoire du Roi de la Chine,
Il les endormoit de ces contes,
Et beuvoit toujours à bon compte,
Sans perdre un seul coup de dent,
Car il faisoit diligemment,
Quoiqu'il racontât quelqu'histoire,
Rudement remuer la machoire,
Sans s'informer de la dépense,
Ni même entrer en connoissance
De ceux qui payeroient l'écot,
La bonne chere, & le sur-écot,
Si-tôt que l'on parloit de compter,
Il déchargeoit le plancher,
Et gagnoit d'abord au large,

Crainte de rester pour gage :
Car il étoit un des confreres
De l'Ordre de la bourse legere ;
Cependant il ne laissoit pas ,
Que de faire de bons repas.
Ah ! qu'il avoit un grand genie
Si l'on imprimoit sa vie ,
Elle surpasseroit surement ,
Celles du grand Tamburland ,
D'Alexandre , César Auguste ,
D'Agamemnon , Pompée , Brute ,
De Darius , d'Aderbal ,
Et même du grand Anibal :
Les Auteurs de notre tems ,
Ne sont pas assez sçavants ,
Pour mettre sa vie en lumiere ;
Il faudroit Plutarque ou Homere ,
Un Décate ou un Ciceron ,
Un Démocrite , ou un Caton ,
Un Virgile , un Diogene ,
Un Aristote , un Demosthene ;
Je doute que ces hommes sçavans ,
Quand même ils seroient vivans ,
Osassent avec leur grand genie ,
Entreprendre à décrire sa vie ;
Ils y perdroient leur latin :
Car le défunt Michel Morin ,
Possedoit de beaux talens ,

C'étoit l'homme de notre tems,
Le plus versé dans la science,
De tout le Royaume de France,
Primo : Rien ne lui étoit impossible,
Et en tout étoit habile ;
Il apprit dès son jeune tems,
Par routine le plein chant,
La musique en gere sol,
Par becar ou par bemol :
Il sçavoit l'Aritmetique,
Jusqu'à l'Addition gothique,
Il entendoit la chicane,
Comme un homme de soutane,
Par ses gestes & son caquet,
Il pouvoit dans le parquet,
Et même à la chambre dorée,
Troubler toute une assemblée ;
Il sçavoit la Langue Latine,
A peu près comme Horace ou Pline :
Il avoit comme Hortensius,
Etudié jusqu'à *Deus sanctus* :
Sa science étoit sans égale,
Il sçavoit à fond de cale,
Liber Petri tout du long,
Et les Déclinaisons des noms :
Il sçavoit les Verbes & les Adverbes,
Et fort bien éplucher de herbes :
Tant y a, n'importe : *Ergo*,

il étoit

Il êtoit *Doctus cum Libro.*
Pour les ouvrages groſſieres,
Il en ſavoit les manieres :
Quand il travailloit au Bois :
Il en faiſoit autant que trois.
Car il avoit un rude bras,
Pour faire des échalats,
Et faiſoit les meilleurs fagots,
De tous ceux de ſon Hameau :
Pour la Latte & le cerceau,
Le marin & le bardeau,
Et les ſabots d'érable,
On ne voyoit pas ſon ſemblable.
Quand il vouloit abattre un chêne
Un Ormeau, ou un Frêne,
Il recoquilloit ſa mouſtache,
A tours de bras avec ſa hache,
Il faiſoit voler les coupeaux,
Plus de cent toiſes de haut :
Pif, paf, fredin fredon,
Il jettoit un arbre à bas,
Comme un ſecond Barſabas,
C'étoit le meilleur Bucheron,
De la Province & du Canton :
Tout le monde en étoit ſurpris,
C'étoit un des beaux eſprits,
Qui ait parut dans ſon village ;
Je ſoutiens & je gage,

Qu'il étoit fils d'un gros Seigneur,
Ou du moins de quelque Ingenieur,
Il faut qu'on l'ait par malice,
Changé contre un autre en Nourrice :
Ses actions, sa parole & gestes,
Cela seul me manifeste
Qu'il n'étoit point fils d'un manant,
Son genie étoit trop grand,
Il étoit propre à tout faire,
Dans un étang ou riviere,
Il pêchoit sans échiquier,
Sans nasse, ligne, ni épervier ;
C'étoit la terreur des poissons,
Des escargots & limaçons.
Quoiqu'il fut un peu sur l'âge,
Il se jettoit à la nage,
A corps perdu dedans l'eau,
Et plongeoit comme un Rat-d'eau :
Par une adresse subtile,
Il attrapoit Carpes & Anguilles,
Brochets, Truites saumonnées ;
Mais d'une action animée,
Sans leur donner aucun quartier :
Ah ! qu'il sçavoit bien son métier !
Quand il alloit à la chasse,
La perdrix ou la bécasse,
Les faisans & ortholans,
Ce jour-là navoient pas bon-tems,

Les sangliers, cerfs & Renards,
Se sauvoient de toutes parts :
Les Loups gagnoient d'abord au large,
Tant ils craignoient son abordage,
Le liévre & aussi le lapin,
Ne craignoient que Michel Morin
Il s'en alloit à pas de Larron,
S'embusquer derriere un Buisson,
Aussi-tôt qu'il voyoit sa belle,
Fusse un Loup ou une Hirondelle,
Pouf, il les mettoit à mort,
Voyez si les autres avoient tort.
Jamais sur la terre habitable,
On ne trouvera son semblable,
Mais la mort qui toujours veille,
Fut jalouse de ses merveilles,
Et le suivoit pas à pas,
Afin de le mettre au trépas :
Un jour fatal, il eut envie,
De dénicher un nid de pie,
Au sommet d'un arbre fort gros,
Qui avoit dix toises de haut,
Il déchaussa ses galoches,
Et de branche en branche il s'acroche,
D'une avidité sans égale,
Il montoit à l'escalade,
La mort sans faire un petit bruit,
Se vint loger auprès de lui.

Comme il grimpoit d'un grand courage
La Mort s'opose à son passage,
D'un coup de revers de sa faulx,
Elle le jetta le cul en haut :
Quoiqu'il s'acrochât par la manche,
Il culbuta de branche en branche ;
Cric, crac, patris, patras,
Michel Morin se trouve à bas,
Bien plutôt qu'avec une échelle :
Ah, mort ! que tu és cruelle !
Aux quatre coins du village,
Le bruit de ce triste nauffrage,
Se répendit tout d'abord :
Châcun pleuroit son fatal sort,
Tout le monde y est accouru,
Le Pasteur même y est venu,
Accompagné de son vicaire,
Qui l'on fait sur une civiere,
Emporter à son logis :
L'on n'entendoit que pleurs & cris,
Tout le monde étoit en allarmes,
Hommes, garçons, filles & femmes :
On le mit dessus son lit :
Sans qu'un seul mot il ait dit :
L'un des Anciens de son village,
Envoya comme un homme sage,
Chercher Maître Dominique,
Fameux Docteurs spergirique,

Ce qui fut fait au plutôt ;
Mais l'on trouva plus à propos
D'envoyer chercher des Chimiſtes,
Des Apotiquaires & Droguiſtes,
Ou cinq ou ſix ſçavans Docteurs,
Et autant d'Operateurs :
Tout cela fut diligemment,
Executé promptement :
L'on ne voyoit de toutes parts,
Que gens courir comme Renards :
Tous ces Chirurgiens , Docteurs,
Chimiſtes , Operateurs,
Apotiquaires & Droguiſtes,
Sont arrivez au plus vîte,
Ils ont fait ſans nulles attentes,
Trois conſultations differentes :
C'étoit de l'onguent miton-mitaine,
Ils perdoient leur tems & peine,
Car il étoit trop en danger,
Jamais il n'en pouvoit échaper :
Il s'étoit rompu l'homoplate,
Et démentibulé la gargatte :
Il avoit le cœur offenſé,
Et l'eſtomach fracaſſé ,
Son foye, & ſes boudins,
Et tous ſes autres inteſtins,
Etoient en mauvais équipage,
Auſſi-bien que ſon viſage :

Tous les Docteurs d'un plein accord,
L'ont abandonné à la mort :
Faut il que pour un nid de pie,
Michel Morin perde la vie !
La mort n'est pas où elle pense,
Je prétens en avoir vengeance,
Foy de Docteur elle payera,
Ou Broart y périra.

Fin de la premiere partie.

DONNATION

DES BIENS

MEUBLES ET IMMEUBLES

DE DESFUNT

MICHEL MORIN.

L E Vénérable Michel Morin,
Se voyant proche de sa fin,
Jugea qu'il étoit nécessaire,
De mettre ordre à ses affaires,
Afin de mourir en repos,
Il fit appeller au plutôt,
Tous ces amis & parens,
Riches, pauvres, petits & grands,
Afin de faire son Testament;
Ce qui fut fait exactement,
Par Maître Gaspard Dominique,
Ancien Notaire Apostolique,
Gardenottes du Village,
Contrôleur du mauvais Langage;

En préſence de quatre témoins.   Sçavoir,
Leonard de la Nigaudiere,
Et Valentin de la Joubliniere,
Vénérable homme Gilles Clabaud,
Et maître Baltazard Nigaud,
Tous quatre témoins oculaires,
De ce qui ſe paſſa à l'affaire,
Je veux avec attention,
Vous détailler ſa Succeſſion,
Car elle eſt digne de mémoire,
Auſſi bien que ſon hiſtoire,

PRIMO.

MORIN au lit de la mort,
N'a voulu faire aucun tort,
A ſes Parens & Amis :
Bien du monde en eſt ſurpris :
A l'égard de ſes heritages,
Et uſtenciles de ménages,
Afin d'éviter le procés,
Qu'il haïſſoit à l'excès,
Il partagea tout également,
Ainſi que ſon or & ſon argent :
Car il craignoit qu'après ſa mort,
On ne lui cherchât chicane à tort :
Afin d'éviter la diſcorde,
Il a mis ſes affaires en ordre.

COMME un Homme rempli de cœur,
Commença par fon Pafteur,
Comme étant fon ami intime,
Et lui donna, chofe rariffime!
Une paire de bas de futaine,
Garnis de frange de Laine,
Avec un Breviaire Romain,
Moitié François, moitié Latin,
Qui fut imprimé à Huy,
Afin qu'il fe fouvint de lui.

Pour éviter la jaloufie,
Et apaifer la fiere envie,
Il voulut chacun fatisfaire :
Et fit préfent à fon Vicaire,
D'un riche manteau de deuil,
Venant de fon grand Bifayeul,
Avec un chapeau de Caftor,
Garni d'un cordon de fin or.

Le Greffier de fon Village,
Entra auffi dans le partage
De fa riche Succeffion,
D'un cœur plein d'affection,

Il lui donna une Bible,
Avec beaucoup d'autres vieux Livres,
Reliez en veau, en parchemin:
Avec un Habit d'Arlequin,
Qui servoit en son jeune tems
A courir Carême-prenant.

Il donna au Procureur Fiscal,
Pour se divertir en régal,
Une flûte, un tambour de Basque,
Une culote, avec une casaque,
D'un fin Drap de mûnier,
Qui fut trouvé dans son grenier,
Du tems de la guerre de Brie,
Avec quelqu'autre drôlerie.

Il donna à sa sœur Catin,
Véuve de défunt Georges Dandin
Un Arpent & demie de terre,
Scitué à la Croix de Pierre,
Aboutissant à l'hermitage,
De Gaudard Gâte-ménage,
Et un quartier de Vigne en friche,
Scitué au champ, dit la Biche,

De toutes parts aboutissant,
A l'héritage de Gilles Manant.

A sa petite sœur Marion,
Epouse légitime de Morpion,
Précepteur des Vaches du Village
Il lui donna un heritage,
Qu'il avoit nouvellement acquis;
Estimé à raisonnable prix,
Quatre vingt livres tournois,
Qu'il payera en bonne monnoye.

Au petit Bertrand trousse-jaquette
Et Nicodême de la Cliquette,
Comme étant ses petits neveux,
Il leur donna à tous les deux,
Afin de les bien établir,
Une maison prête à bâtir,
Scise au bout du Jardin,
De Dominique Sagouin.

Il donna à ses Niéces & sa cousine

Toute sa batterie de cuisine,
Sa Garderobe, & vieilles dépouilles,
Son chien, son chat & ses poules,
Son Cochon, son Baudet, sa vache,
Et les poils de sa mouttache.

A son compere Matthieu Gariot,
Et à Baltazard Landriot,
Il leur donna deux grands piftolets,
Avec les fourreaux violets:
Ils font de Sedan je vous jure,
Car je l'ai vû par l'écriture;
Un fabre & un moufqueton,
Qu'il trouva dans un Buiffon,
Le propre jour de S. Denis,
En allant chercher des nids.

Il donna au bon homme Tobie,
Avec qui il faifoit bonne vie,
Son manteau de mariage,
Qui fouvent fervoit d'otage,
Dans les Tavernes & Cabarets:
Et de plus deux grands godets,
De véritable porceline,

Qui tenoient chacun chopine,
Sa tablette & son écritoire
De chagrin, garni d'yvoire.

Il ceda à Fiacre l'Emballeur,
La charge de carillonneur,
De Clerc & de Maître d'Ecole,
A condition que sa Tante Nicole,
Et son neveu Robert Vignon,
Resteroit dans sa maison,
Sans aprehender le Trépas,
Jusqu'au jour du mardi gras.

Il laissa pour ses Funérailles,
Un Arpent & demi de Broussailles,
Entre les mains d'Albertus,
A condition que le surplus
Se garderoit avec grand soin,
Pour soulager dans le besoin,
Les passans & pauvres ménages,
Des trois plus proches Villages.

MORIN pour venger ton trépas,
Donna la fomme de cent Ducats,
A maître Henry de la Dandiniere,
Pour payer & fatisfaire
Les payfans de Champagne,
Qui cherchent la mort en campagne,
De toutes parts pour la punir ;
Car tel eft fon bon plaifir :
Et pour châtier fa malice,
Il prétend que par la juftice,
Elle foit, pour le fatisfaire,
Du moins condamnée aux Galeres,
Après avoir été trois jours
Fuftigée par les carrefours
Du Village de Beauféjour :
Elle s'en fouviendra plus d'un jour.

FIN.